Pourquoi j'ai pas mangé mon livre de latin

(et autres recettes d'indigestions académiques)

Mathieu Aleins

<u>**Du même auteur**</u>

- Aleins Mathieu, *Bis Repetita*, Bookelis, 2021.
- Aleins Mathieu, *Utopia*, Bookelis, 2024.
- Aleins Mathieu, *In My Show*, BOD editions, 2023.

Mathieu Aleins, né le 4 novembre 1996 à Montélimar, est un auteur français polyvalent, évoluant principalement dans les genres de la science-fiction, de la poésie, et de l'héroïc fantasy. Il fait ses débuts littéraires à seulement 15 ans avec le roman *Ärahin le chevalier de la lumière* (2012), une œuvre d'héroïc fantasy publiée chez Chapitre.com, qui devait initialement faire partie d'une série. Très tôt, il montre un attrait pour les récits épiques et imaginaires, influencés par des œuvres classiques du genre.

En 2013, Aleins change de registre pour se plonger dans la science-fiction avec *War on Earth*, publié en 2018 par les éditions Lune écarlate. Ce roman explore des thèmes dystopiques et fut le point de départ de ce qu'il nommera plus tard l'« *Utopia universe* », un ensemble d'œuvres reliées, dont le roman *Utopia* (2017) représente le deuxième volet. *Utopia* est un roman de science-fiction influencé à la fois par la vie personnelle de l'auteur et le célèbre ouvrage de Thomas More, *Utopia*.

Mathieu Aleins ne se limite pas à la science-fiction et à la fantasy, mais s'essaye également à d'autres genres. Il publie en 2016 le recueil de poèmes *D'infiniment petit à infiniment grand* aux éditions Edilivre, dans lequel il exprime des réflexions poétiques sur l'existence. La même année, il écrit une pièce de théâtre intitulée *Artificial*, publiée chez Bookelis. Cette diversité témoigne de son désir constant d'explorer différentes formes littéraires et d'enrichir son style d'écriture. Il s'essaye également à l'essai avec les ouvrages Bis Repetita (2021) et In My Show (2023). Passé sous différentes formes, Utopia devient ensuite un ouvrage de littérature jeunesse, imagé grâce à l'intelligence artificielle (2024).

De plus, Mathieu Aleins s'est récemment aventuré dans le domaine cinématographique avec la réalisation du court-métrage *Hallucinations* (2023) et *Dernières heures* (2024), qui reflète son ambition d'explorer des formes d'expression artistiques plus visuelles.

<u>Préambule</u>

Ah, le latin ! Que de joie aurait rempli ma vie si j'avais appris cette matière avec délice ! Une petite note pour vous, chers lecteurs : si vous sentez une légère odeur de sarcasme dès les premières lignes, c'est normal. Non, je ne vais pas vous conter des fables de bonheur lié à cette langue morte, au contraire, je vais plutôt vous emmener dans une aventure où mon amour pour le latin est aussi vif que... l'envie de me prendre une triple dose de coups sur la caboche en fin de semaine.

Pourquoi, me demanderez-vous, ai-je décidé de noircir tant de pages sur une langue qui, soyons honnêtes, a fait son temps bien avant que je ne décide de naître ? Eh bien, c'est simple : pour rigoler un bon coup ! Si ce livre devait avoir un sous-titre, ce serait probablement quelque chose du genre : *"Le latin, ou comment se faire des ennemis parmi les fans de Cicéron et Catulle en trois leçons."*

Mon but ici n'est pas de vous convaincre que le latin est inutile. Non, c'est beaucoup trop ambitieux ! Non, mon but est de vous faire comprendre à quel point cette matière a rempli ma vie de... perplexité, d'exaspération, et de questionnements philosophiques profonds du style : "Mais pourquoi je fais ça ?" Cependant, je tiens à vous rassurer, tout ceci sera saupoudré de petites histoires et anecdotes personnelles. Parce qu'après tout, pourquoi ne pas tourner un peu en dérision les pauvres citoyens romains, ces pionniers de la conjugaison de verbes en cinq temps et déclinaisons tortueuses ? C'est de bonne guerre, non ?

Maintenant, un petit mot pour mes chers professeurs de latin et les puristes : si vous avez déjà les poils qui se hérissent en lisant ces premières lignes, je vous conseille de fermer ce livre immédiatement. Non, vraiment. Allez-y. Je ne veux pas être responsable de la chute brutale de votre moral. Ce livre est pour tous ceux qui, comme moi, se sont retrouvés un jour assis en classe de latin à se demander : "Mais qu'est-ce que je fiche ici ?"

Je précise que tout ce que je dis ici n'engage que moi. Je sais bien que certains trouvent le latin passionnant, presque mystique. Et je les respecte ! Je veux dire, il faut quand même une bonne dose de courage et d'enthousiasme pour adorer traduire des textes écrits par des types en sandales qui s'interrogeaient sur la rhétorique à l'heure où moi je m'interroge sur l'utilité de savoir dire "mon chien a mangé ma PS4" en trois versions de subjonctif.

Voilà, vous êtes prévenus. Attendez-vous à quelques piques, des punchlines taquines, et surtout à un amour très... disons, compliqué pour cette belle langue morte. Alors installez-vous, et préparez-vous à rire un peu aux dépens de l'Empire romain (ils ne nous entendront pas, promis).

Et surtout, laissez-moi vous prévenir : ici, les théories latines seront aussi rares qu'une bonne blague sur les déclinaisons. Ce livre ne se perdra pas dans des explications complexes. Pourquoi ? Parce que ce que je reproche au latin est tellement simple qu'il n'y a pas besoin de se lancer dans des dissertations interminables. Je préfère me concentrer sur ce qui m'amuse vraiment : la satire pure, brute, sans fioritures. Ce livre sera plus court qu'un manuel de latin – et sûrement beaucoup plus digeste. Pensez-y comme à une nouvelle bien élaguée, débarrassée de toutes les lourdeurs inutiles, un petit concentré de sarcasme.

Avant de plonger dans le vif du sujet, faisons quand même un rapide tour d'horizon de cette fameuse langue. Même si vous êtes probablement tous des experts en la matière (qui sait, peut-être que Cicéron himself est en train de lire ces lignes depuis l'au-delà), il est bon de poser quelques bases claires et concises. Mais attention, je ne vais pas m'éterniser là-dessus. Pour définir le latin, je ne me casse pas la tête : un petit tour sur Internet et hop, première définition qui me tombe sous la main. Pas besoin d'aller chercher plus loin.

Alors, que dit le grand Wikipédia ? Accrochez-vous, parce que c'est du lourd : *"Le latin est une langue italique de la famille des langues indo-européennes, parlée à l'origine dans le Latium et la Rome antique."* Passionnant, n'est-ce pas ? Non ? Moi non plus, ça ne m'a pas fait bondir de mon siège. Wikipédia ajoute d'ailleurs que, même si cette langue est considérée comme morte, elle est toujours enseignée dans certaines universités (pourquoi faire ? Mystère) et reste en usage dans le clergé (ce qui me paraît déjà un peu plus compréhensible). Voilà, je pense que c'est tout ce qu'on a besoin de savoir pour la suite. Parce que, soyons honnêtes, tout ce préambule n'est qu'une excuse pour faire un joli pied de nez à cette langue que je critique si joyeusement.

Alors pourquoi ce titre, me demanderez-vous ? *"Pourquoi j'ai pas mangé mon livre de latin"* vous rappelle quelque chose ? Oui, vous avez deviné, c'est un clin d'œil direct au livre de Roy Lewis et au film de Jamel Debbouze *"Pourquoi j'ai pas mangé mon père"*. Mais rassurez-vous, aucune inspiration cachée ou profonde ici. Le titre s'est imposé tout seul, comme une évidence. Ça colle si bien à ce que je pense du latin et surtout de mon fabuleux manuel pour "débutants" (ah, quel doux euphémisme) qui trône encore sur mon étagère. Bien sûr que j'ai rêvé de le manger, ce manuel. Mais dans un rare moment de sagesse, j'ai opté pour une approche un peu plus rationnelle. Après tout, il y a probablement plus de fibres dans une pomme que dans une grammaire latine... même si les deux sont tout aussi difficiles à avaler.

Ce livre, donc, ne sera pas un guide pratique pour comprendre les subtilités du latin. C'est un pur défouloir, un petit pamphlet hilarant contre cette langue morte. Et si vous êtes déjà en train de vous dire que ce préambule manque de sérieux... eh bien, je crois que vous n'êtes pas prêts pour ce qui vient après !

Eh bien voilà, chers lecteurs, je pense que vous avez maintenant une idée assez précise de mes intentions avec ce petit ouvrage. Vous savez que je n'ai pas l'intention de vous enseigner le latin, ni de vous faire aimer cette langue (franchement, bonne chance à ceux qui s'y risqueraient). Vous savez que la satire sera au cœur de tout ce qui va suivre, que je n'épargnerai ni les déclinaisons, ni les grands noms de l'Antiquité. Si vous êtes encore là, c'est que vous êtes prêts à vous aventurer avec moi dans cette joyeuse descente en piqué.

Alors, trêve de bavardages, commençons sans plus attendre. Attachez vos ceintures, Cicéron, Catulle et compagnie n'ont qu'à bien se tenir !

Chapitre I : Les travers de la langue latine selon moi

Commençons par le commencement : pourquoi est-ce que je n'aime pas le latin ? Eh bien, déjà, tout cet apprentissage, que l'on débute fièrement au collège et que certains s'acharnent à continuer jusqu'à l'université, repose sur une idée « générale » qui est en réalité totalement fausse. Vous avez sûrement entendu dire que le latin sert à comprendre l'étymologie des mots en français, non ? En théorie, c'est effectivement vrai… jusqu'à un certain point. Par exemple, prenez *commodus*, qui signifie « convenable » en latin. Ce mot a effectivement donné naissance à notre « commode », synonyme de convenable. C'est cool, n'est-ce pas ? Oui, enfin… un peu.

Sauf que là où ça devient problématique, c'est quand on dépasse cette simple logique d'étymologie. Apprendre les déclinaisons du latin, oui, pourquoi pas ? Même si, honnêtement, leur utilité dans ma vie quotidienne reste hautement anecdotique. Mais ce qui me fait grincer des dents, c'est l'accumulation de détails qui, selon moi, n'ont pas vraiment leur place dans l'apprentissage de cette langue aujourd'hui.

Prenons les différents temps en latin. D'accord, je veux bien qu'il soit utile d'apprendre les bases : le parfait (notre bon vieux passé), le présent, l'imparfait, et pourquoi pas le futur, histoire de se la jouer devin. Mais là où ça devient ridicule, c'est quand on s'aventure dans des terres obscures comme le subjonctif imparfait ou le subjonctif plus-que-parfait. Franchement, qui a envie de savoir dire « que j'aimasse » en latin ? Sérieusement, même en français, on ne l'utilise qu'à peine. Alors pourquoi diable s'infliger ça dans une langue que plus personne ne parle ? Et encore moins dans un dîner entre amis, hein.

Ce que je veux dire, c'est que connaître ces subtilités en français ou en anglais, d'accord, ça peut encore servir, vu que ce sont des langues qu'on utilise tous les jours. Mais le latin ? On s'en fiche complètement de savoir dire « que tu fusses aimé » en latin. À moins que vous n'ayez l'intention de murmurer des déclinaisons romantiques à l'oreille de votre partenaire un jour… mais là, je ne garantis pas le succès.

En réalité, tout ce micmac de conjugaison ne nous apprendra rien de plus sur l'étymologie des mots. Alors, pourquoi se prendre la tête ? Certains sont passionnés par l'étude des temps en latin, et tant mieux pour eux ! Mais moi, je n'en fais pas partie. Et je doute fortement qu'un jour, je me retrouve à enseigner à mes futurs élèves d'école primaire en leur expliquant que « le verbe 'voir' vient du latin *video, es, ere, vidi, visum* ». Non seulement j'en perdrais la moitié qui peine déjà à maîtriser le français moderne, mais ils risqueraient de me répondre, et à juste titre : «

Mais on s'en fiche, monsieur ! »

Imaginez un instant les Romains de l'époque, s'ils voyaient à quel point nous nous cassons la tête aujourd'hui avec leur langue. Je suis sûr qu'ils en riraient bien. L'ablatif absolu, le subjonctif imparfait… Eux, ils voulaient juste discuter de leur dernière bataille ou de la meilleure façon de construire un aqueduc, comme nous, on parle de la météo ou de notre dernier match de foot. Rien de bien compliqué.

Alors, dans un esprit purement satirique, je vous propose de faire un petit bond dans le temps et d'aller rencontrer quelques citoyens romains de l'époque pour savoir ce qu'ils pensent vraiment de tout ce bazar. Mais attention, je ne parle pas de Cicéron ou d'autres grands intellectuels que je respecte beaucoup. Non, je vous parle de gens comme vous et moi, qui n'avaient certainement pas l'intention de rendre le français compliqué des siècles plus tard.

Et oui, pour ceux qui se demandent pourquoi je ne les fais pas parler en latin, la réponse est simple : je suis encore un novice dans cette langue. Et surtout, on s'éloignerait du ton satirique de ce livre si je me lançais dans des phrases en latin que je ne comprends pas moi-même. Allez, c'est parti pour une immersion chez les Romains… en français moderne, évidemment.

Chapitre I.2 : Marcus et Marcos, ou le quotidien des Romains lambdas

Laissez-moi vous présenter deux citoyens romains ordinaires : Marcus et Marcos. Deux hommes que tout oppose, sauf peut-être leur prénom. Marcus, 28 ans, est propriétaire d'un petit stand de fruits et légumes au marché central de Rome. C'est un homme frêle mais intelligent, qui a hérité du sens des affaires de sa famille. Marcos, quant à lui, est un ancien gladiateur devenu entraîneur de futurs combattants, maintenant émancipé grâce à ses nombreuses victoires. Il est une véritable star nationale, avec un corps taillé dans le roc, mais un esprit… disons, un peu moins affûté. Un duo improbable, n'est-ce pas ? Vous pensez peut-être à Astérix et Obélix. Eh bien, c'est un peu ça, mais version romaine.

Un matin, nos deux héros décident de se rendre aux thermes pour se détendre. Accompagnés de leurs esclaves, « Essuie » et « Nettoie » (des noms qui, vous vous en doutez, ne laissent que peu de place à l'imagination), ils franchissent la porte du bain public. Après s'être dévêtus, ils plongent dans le bassin principal, laissant leurs serviteurs en retrait, prêts à intervenir avec des serviettes à la main.

La discussion débute tranquillement par les nouvelles

habituelles, puis Marcus lance la conversation sur un sujet plus sérieux : l'avenir de la langue latine.

Marcus : « Marcos, tu crois que notre belle langue latine survivra encore quelques millénaires ? »

Marcos (dans un sabir incompréhensible) : « Grosso merdorum, mon amicus Marcum, je pense que la gente future ne voudra plus entendre parler de cette langue. »

Marcus : « Euh, tu peux essayer de parler normalement ? »

Marcos : « Oh, pardon. Oui, en fait, je suis d'accord avec toi. Je pense que les générations futures vont sacrément en baver avec notre grammaire, nos conjugaisons, et notre vocabulaire. On n'a pas hérité du titre de langue la plus compliquée pour rien ! »

Marcus : « Tu imagines ? Ils vont devoir apprendre notre subjonctif imparfait ou plus-que-parfait… des temps qu'on n'utilise même pas nous-mêmes ! »

Marcos : « Ah ça, mon ami, certains essaieront sûrement de créer des mini-Cicérons, formatés pour réciter des plaidoyers… Mais bon courage à eux ! Moi-même, j'ai eu du mal quand mon père m'a parlé de l'ablatif absolu. Je pensais qu'il allait me révéler le sens de la vie. »

Marcos commence alors à grimacer, visiblement mal à l'aise.

Marcus : « Qu'est-ce qui t'arrive, vieux frère ? »

Marcos : « C'est la soupe de la grand-mère de César, elle me retourne l'estomac. »

(Et c'est ici que je m'autorise une petite pause pour vous rappeler que ce qui va suivre sera un peu… cru. Mais bon, les Romains de l'époque étaient eux-mêmes pas mal portés sur les comportements scabreux. Alors, accrochez-vous.)

Ne pouvant plus se retenir, Marcos se lève d'un bond et se soulage à quelques pas de là, juste à côté des esclaves. Puis, sans la moindre gêne, il se tourne vers « Essuie » et lui ordonne :

Marcos : « Toi, avec tes cheveux, essuie ! »

L'esclave, impassible, s'exécute. Une fois cette tâche accomplie, Marcos se tourne vers le deuxième serviteur.

Marcos : « Toi, nettoie ! »

Sans un mot, « Nettoie » s'affaire à ramasser le déchet et disparaît avant de revenir pour nettoyer les traces restantes sur le sol. Marcos, satisfait, retourne s'asseoir dans l'eau, comme si de rien n'était.

Bon, je pense qu'on va s'arrêter là pour cette première microhistoire. Quel était le but de tout ça, me demanderez-vous ? D'abord, vous montrer que les Romains de l'époque se ficheraient probablement pas mal de savoir que, des siècles plus tard, on galérerait à apprendre leur langue. Le latin est une langue morte, et pourtant, nous voilà encore en train de nous battre avec des règles de grammaire qui auraient fait rire nos ancêtres.

Pour rappel, selon Wikipédia, une langue morte est une langue « qui n'est plus utilisée comme outil de communication dans la vie courante ». Voilà, c'est dit. Il n'y a plus un seul locuteur vivant pour parler cette langue aujourd'hui. Mais malgré cela, on nous oblige encore, nous pauvres étudiants, à traduire des textes en latin, à apprendre des déclinaisons, et à nous intéresser à des récits où les personnages passent leur temps à uriner sur la tête de leurs esclaves (merci, Trimalcion).

Bien sûr, je sais que certains adorent ça. Les érudits qui trouvent un intérêt profond dans ces histoires, tant mieux pour eux. Mais pour moi, et pour beaucoup d'autres, traduire du latin ne nous apporte pas grand-chose, à part une migraine. Apprendre du vocabulaire pour comprendre une langue morte, c'est un exercice que je trouve particulièrement inutile.

Mais revenons à nos deux compères, Marcus et Marcos. Cette

petite scène n'avait d'autre but que de vous montrer que les Romains étaient, en réalité, des gens comme nous, qui ne se prenaient pas autant la tête avec leur propre langue. Mis à part quelques exceptions comme Cicéron, la plupart des citoyens de l'époque n'avaient sûrement aucune envie de rendre les générations futures folles avec leurs codes linguistiques.

Allez, on se retrouve au prochain chapitre pour continuer à démonter joyeusement les absurdités de cette matière que j'aime tant… ou pas !

Chapitre 2 : Une quantité risible d'informations "obligatoires" à connaître

Feuilletant mon cher manuel de latin, acheté à prix d'or pour trente euros (et croyez-moi, à ce prix-là, quand on est étudiant avec un budget serré, on fait attention à ne pas froisser la moindre page), je cherche quelque chose qui illustre bien l'inutilité de cette langue à mes yeux. Mais, après quelques secondes de contemplation, je décide de le refermer aussitôt. Mieux vaut éviter de consacrer trop de temps à ce livre, au risque de raviver encore plus mon aversion pour cette langue.

Passons plutôt à une autre justification de mon désamour pour le latin : sa morphologie. Soyons honnêtes, c'est un véritable casse-tête. Entre les cinq déclinaisons, les trois genres (féminin, masculin, neutre), les dizaines de temps (parfaitum, infectum, et j'en passe), il y a de quoi perdre pied. Ajoutez à cela des termes comme l'imparfait, le parfait, le présent, et des inventions comme le subjonctif imparfait ou le futur antérieur... on pourrait presque croire qu'on a inventé l'imprésent, tant ça devient absurde. Et tout cela pour quoi ? Pour traduire des phrases dont on n'aura jamais besoin.

Ah, et le vocabulaire... toujours plus volumineux. Chaque semaine, une liste interminable de nouveaux mots à apprendre. Mais pourquoi ? Pour traduire des histoires sans intérêt qui ne changeront jamais notre quotidien. C'est d'une telle absurdité que cela me fait doucement sourire. Après chaque cours, on a droit à cette injection massive de connaissances inutiles, comme si notre cerveau était un disque dur qu'on pouvait saturer à volonté. Et à la fin du cours, on nous lâche un « À la semaine prochaine » comme si de rien n'était.

Il faut comprendre que chacun a une capacité d'apprentissage différente. Certains mémorisent peut-être aisément ces quantités ridicules de vocabulaire, mais moi, j'ai toujours préféré retenir les capitales du monde. Et là, vous vous dites sûrement : « Mais à quoi ça sert de connaître les capitales ? » Eh bien, au moins, cela a une utilité pratique. Si un étudiant en géographie présente une thèse sur le Bangladesh, il doit savoir que la capitale est Dhaka. Par contre, savoir dire : *"Percus est autem lacus in Hennae civitatis finibus satis amoenus et gratus, cuius amoenitas ex florum varietatibus nascitur"* (traduction : « Le Percus est un lac situé sur le territoire de la cité d'Henna, vraiment charmant et agréable, dont le charme naît de la variété des fleurs »), ça… on s'en fiche royalement.

Ce qui me fait le plus rire, c'est l'illusion qu'on nous vend, celle qui prétend que tout cela est « obligatoire ». En réalité, cette quantité incommensurable de savoir est tellement secondaire qu'elle nous fait perdre de vue toutes les autres matières que nous devons étudier. On dirait que pour les enseignants de latin, c'est la seule matière qui compte ! Mais non, chers professeurs, ce n'est pas la vie ! Lorsque nous atteindrons le doctorat en lettres modernes, en histoire, en géographie… le latin ne nous servira à rien. Pourquoi devrais-je savoir conjuguer un verbe au subjonctif imparfait passif dans une langue morte qui n'est même pas essentielle à mes études ? Pourquoi devrais-je me soucier de ce Trimalcion qui avait un esclave nommé « Découpe » ? Ou encore de Socrate, qui se serait fait uriner dessus par des sorcières dans *L'Âne d'or* d'Apulée ?

Je pourrais accepter la traduction latine si elle permettait vraiment de comprendre la vie des gens de l'époque. Mais soyons honnêtes, beaucoup de textes sont d'une futilité déconcertante. Prenons Cicéron : *"Sic, Numa, postquam in concordia undequadraginta annos regnavit, e vita excessit"* (« C'est ainsi que Numa, après avoir régné en paix durant trente-neuf années, sortit de la vie »). Et alors ? Qu'est-ce qu'on apprend ici, à part une phrase historique qui devrait appartenir à un cours d'histoire, pas de latin ?

Chaque fois que je jette un œil à mon manuel, je suis saisi d'une colère profonde. Surtout quand je tombe sur des chapitres entiers dédiés aux propositions concessives conditionnelles ou aux participes futurs. C'est d'une utilité comparable à un ballon de basket dégonflé ! Et pourquoi ne pas nous apprendre à parler latin en verlan pendant qu'on y est ?

Bon, on va passer à une petite histoire pour détendre l'atmosphère. Parce qu'après tout, si on doit s'amuser avec cette langue, autant le faire avec style.

Chapitre II.2 : Pétrascus et l'art (inutile) de la rhétorique

Laissez-moi vous raconter l'histoire de Pétrascus, un noble rhétoriqueur romain, qui chaque samedi se donnait en spectacle sur l'esplanade du forum de Rome. Ce brave Pétrascus, plein de bonnes intentions, réunissait une poignée d'admirateurs (une dizaine en général, mais on sentait que ce chiffre chutait semaine après semaine) pour leur transmettre son amour des subtilités de la langue latine. Au programme : propositions concessives, mots interrogatifs invariables, et tout ce que j'ai déjà mentionné plus tôt dans ce livre. Autant dire, que du lourd.

Un samedi comme un autre, Pétrascus arrive tranquillement sur le forum. Enfin… tranquillement, jusqu'à ce qu'il se prenne les pieds dans sa toge trop longue. Le voilà qui s'étale de tout son long dans la poussière du sol, face à ses admirateurs hilares. Pour ne pas perdre la face, il se relève, époussette maladroitement son habit, et grimpe tant bien que mal sur l'estrade. Ses disciples, peinant à contenir leurs rires, se taisent enfin, prêts à écouter la grande leçon du jour.

Pétrascus : « Mes chers amis, merci d'avoir répondu à mon invitation pour cette journée si spéciale. Aujourd'hui, je vais vous enseigner quelque chose de grandiose… »

Un admirateur : « Le sens de la vie ? »

Un autre : « Le secret de la potion magique des Gaulois ? »

Un troisième : « La couleur du slip de César ? »

Pétrascus (agacé) : « Non, non, et encore une fois non ! Je vais vous livrer un secret qui fera de vous des orateurs aussi grands que le grand Cicéron ! Aujourd'hui, nous allons apprendre ensemble… l'ablatif absolu ! »

Un admirateur (perplexe) : « Cicéron ? C'est quoi, une marque de voiture ? »

Un autre : « Si c'est rond, c'est pas carré. »

À ce moment-là, Pétrascus commence à perdre patience.

Pétrascus (exaspéré) : « Il suffit ! L'ablatif absolu, mes chers amis, est une proposition subordonnée sans mot subordonnant. C'est une construction où le verbe est sous-entendu, et il permet d'exprimer une circonstance de l'action… »

Mais à peine avait-il commencé à expliquer cette merveille de complexité grammaticale qu'une tomate bien mûre vient s'écraser en pleine figure. La foule, qui jusque-là le suivait vaguement, commence à s'échauffer et à crier.

Un homme : « Dégage, vieux ringard ! On en a marre de tes ablatifs absolus et de tes propositions participiales ! »

La foule : « Du divertissement ! Du divertissement ! »

Pétrascus, en sueur, se fige. Il regarde la foule, désormais en pleine révolte, et réalise que son amour pour les subtilités de la langue latine ne fait plus recette.

Bon, je voulais conclure cette mini-histoire avec une scène complètement tirée par les cheveux, genre un Gaulois surgissant avec un bélier pour envoyer Pétrascus dans une fosse remplie de purin de bœuf, mais je pense que la leçon est déjà assez claire. Le point ici n'est pas de chercher le divertissement dans l'apprentissage du latin, bien que ça aurait probablement aidé Pétrascus. Non, ce que je veux dire, c'est que ce genre de détails (comme l'ablatif absolu, les compléments circonstanciels, ou encore ces verbes irréguliers en latin) me semble totalement déconnecté de ce que je cherche à comprendre à travers cette langue.

Ce que je veux, moi, c'est de l'étymologie, de la substance, des choses qui ont un véritable sens pour notre compréhension actuelle de la langue française. Mais tout ce fatras inutile ? Non merci.

Chapitre III : Une vie de débauché

Je vais maintenant aborder un roman qui m'a été imposé dans le cadre de mes études sur la littérature romaine : *Les Métamorphoses* d'Apulée. Que dire de cette lecture ? Eh bien, si je devais résumer ce livre de manière succincte, il raconte les mésaventures de Lucius, transformé en âne après une métamorphose magique. S'ensuit une série de péripéties pour le malheureux Lucius, entre enlèvements, maltraitances, et humiliations en tout genre. Le tout est entrecoupé d'histoires annexes racontées par divers personnages, comme celle de Psyché ou de Charité.

Mais qu'est-ce qui me gêne tant dans ce roman ? Pour moi, un livre doit avoir un but, un fil conducteur, une intention narrative claire. Chaque roman, selon moi, doit emmener le lecteur d'un point A à un point B, qu'il s'agisse d'une réflexion philosophique, d'une critique sociale, ou même d'un simple divertissement structuré. *Les Métamorphoses* d'Apulée me semblent dépourvues de ce but. Prenons l'exemple de *L'Utopie* de Thomas More : il s'agit d'une œuvre avec un objectif clair, celui de construire l'idée d'un monde idéal à travers des procédés littéraires précis. More parvient à créer une ville imaginaire, Amaurote, avec des métaphores et une structure narrative qui sert son propos. *Les Métamorphoses*, quant à elles, n'ont aucun fil conducteur apparent. On nous parle d'un « voyage initiatique », mais je ne le vois pas.

Apulée, c'est du grotesque à l'état pur, de la débauche à n'en plus finir, des situations invraisemblables et absurdes. Si vous me dites que la résolution finale de l'histoire, avec Lucius redevenant humain, constitue l'objectif ultime du récit, je vous réponds : quel est l'intérêt de tout ce qui précède ? L'histoire n'est qu'un amas de clichés et d'anecdotes taillées à la hache, provoquant plus souvent l'ennui que la réflexion. Prenons l'exemple de Psyché : son histoire, bien que charmante, est déséquilibrée. Sur une trentaine de pages, 80 % du récit est consacré à une amourette banale avec le fils de Vénus, tandis que les épreuves imposées par la déesse sont expédiées en une poignée de lignes. Il y avait ici un potentiel pour une épopée digne des aventures d'Hercule, mais rien de tout cela n'est exploité.

Je ne critique pas le talent d'Apulée en tant qu'auteur, mais je suis sidéré par l'obsession que l'on semble avoir à mettre en avant le côté le plus débauché des Romains. Et cela ne concerne pas seulement ce roman. Je me souviens de mes cours d'Antiquité romaine, où mon professeur, très compétent, parvenait à rendre la culture romaine fascinante. Mais j'ai l'impression que, trop souvent, on ne retient des Romains que leur penchant pour la luxure et la débauche.

Dans *Les Métamorphoses*, combien de passages obscènes et sexuels retrouve-t-on ? Trop, si vous me demandez. On a un âne qui copule en public, une femme qui paie pour avoir des relations avec cet âne, et des scènes dignes du pire des films trash. Et si cela ne suffisait pas, on nous ressasse encore et toujours le scandale des Bacchanales, ces grandes fêtes de débauche où les vices les plus bas étaient à l'honneur. Sans parler de l'histoire de Socrate, uriné dessus par des sorcières.

Franchement, est-il possible de parler de la littérature romaine sans constamment plonger dans ces sordides récits de « pipi caca » ? À croire que les Romains ne faisaient que cela. J'avais déjà l'impression que *Cinquante Nuances de Grey* était un exemple des tendances puériles de notre société moderne, mais voilà que je découvre que ce goût pour l'obscène était aussi florissant à l'époque ! Pour moi, *Les Métamorphoses* n'est pas un roman « intelligent », même si certains procédés stylistiques peuvent être intéressants.

Quand je compare *Les Métamorphoses* aux écrits de Cicéron, le contraste est flagrant. Cicéron, c'est l'excellence de la rhétorique, avec des œuvres comme *Pro Caelio*, un plaidoyer parfaitement structuré et d'une justesse incroyable. On touche ici à la grandeur de la littérature romaine. Pourtant, les mêmes Romains qui produisaient ces chefs-d'œuvre pouvaient aussi nous pondre des inepties grotesques comme *Les Métamorphoses*.

Alors, est-ce que les Romains menaient tous une vie de débauche ? Non, bien sûr que non. Je ne veux pas réduire toute une civilisation à ses excès. Mais il semble qu'une bonne partie de leur littérature se complaisait dans cette perspective. Même des poètes comme Catulle ne pouvaient s'empêcher de s'enfoncer dans l'obscénité. L'un de ses poèmes commence d'ailleurs par « Je vous enculerai et je me ferai sucer » (oui, vous avez bien lu). Si les écrits romains ont certes influencé notre littérature, il est difficile de ne pas être exaspéré par l'importance donnée à ces écrits vulgaires et sans importance narrative. *Les Métamorphoses* en est l'exemple parfait.

Chapitre IV : Indigestion Latine

Je me dois de souligner un autre problème, cette fois-ci non lié à l'époque romaine mais à la manière dont le latin est enseigné de nos jours. Durant ma première année en faculté de lettres modernes, j'avais environ 9 heures par semaine consacrées à la culture latine : 3 heures d'étude du latin (traduction de textes, grammaire, littérature) et 5 heures 30 d'histoire romaine (comprenant l'Antiquité romaine ainsi que des cours sur l'art et la politique de l'époque).

Ne vous méprenez pas, je ne critique pas la qualité de l'enseignement en soi, certains cours étaient intéressants. Ce qui m'irrite, c'est la quantité ! Pour une filière de lettres modernes, dont le but premier est d'étudier la littérature générale, la syntaxe, la phonétique et des thèmes plus contemporains, il me semble complètement disproportionné de passer autant de temps sur le latin. Je veux bien qu'on nous donne des bases en étymologie, mais pourquoi cet excès de traductions, de grammaire complexe, et de récits sur la vie romaine décadente ? À ce stade, autant créer une filière unique de lettres classiques, tant on semble y vouer un culte à cette culture dépassée et obsolète.

Sérieusement, qui s'attend à ça en entrant en lettres modernes ? C'est incompréhensible et même, je dirais, surréaliste.

Il est déjà temps, chers lecteurs, d'abréger ce petit livre sur le latin. Oui, je l'avoue, je suis à court d'arguments. Certains d'entre vous pourraient trouver mes récriminations un peu faibles, et je comprends tout à fait. Ce ressenti relève avant tout d'une haine profondément personnelle. Le latin n'a jamais cessé de me créer des obstacles dans mes études, et je pense que mon aversion se fonde sur des points assez simples : l'apprentissage de notions grammaticales inutiles, l'omniprésence démesurée de cette culture romaine dans nos cours, et le retour constant sur des sujets déjà vus et revus.

En bref, je hais la langue latine, je hais son apprentissage, et je déteste tout ce qu'elle représente dans mon cursus. Peut-être que vous verrez dans ce livre une simple complainte d'un étudiant frustré par ses mauvaises notes, et vous aurez peut-être raison. Je n'aime pas le latin, tout comme vous pourriez ne pas aimer les épinards ou le sport. C'est une aversion que je ne peux pleinement expliquer.

Comme je l'ai déjà dit, si vous aimez le latin, tant mieux pour vous, je respecte totalement vos choix. Quant à moi, je me demande toujours pourquoi je n'ai pas mangé mon manuel de latin.

À l'instant où j'écris ces lignes, un sentiment d'inachevé m'envahit. J'aime créer des histoires imaginaires, folles, explosives… Mais ce livre satirique manque un peu de ce « pep's ». Alors, laissez moi poursuivre en profondeur mes élucubrations. En effet, huit ans après la fin de mes prodigieuses rencontre avec le latin, de nouvelles idées farfelues sont venues toquer à la porte de cet esprit si volubile.

Nous sommes à Rome, où le grand César est en train de prononcer un discours à ses citoyens. Je n'ai pas envie de recréer ses paroles parce que, soyons honnêtes, est-ce que ça nous intéresse vraiment ? Notre bon empereur est donc là, en pleine tirade verbale, quand soudain, des Transformers surgissent et réduisent le palais impérial en ruines. César, tout occupé à répéter ses platitudes, n'a même pas le temps de réagir. L'empire romain tombe en morceaux, le Colisée s'effondre, et l'hippodrome est assiégé. Les extraterrestres qui mènent cette attaque placent à la tête du nouvel empire un Vercingétorix fraîchement ressuscité, accompagné d'Astérix, Obélix, Idéfix et Abraracourcix.

Et oui, cette hypothèse n'est pas totalement farfelue, car dans les films de *Transformers* (merci, Michael Bay), il est bien suggéré que ces robots existaient à l'époque de l'Antiquité. Voilà donc un bel exemple de créativité débordante ! À côté de ça, les aventures de Lucius transformé en âne qui copule avec des femmes dans *Les Métamorphoses* d'Apulée paraissent bien fades, non ? Si seulement les Transformers avaient anéanti les Romains à l'époque, on n'aurait peut-être jamais eu besoin d'étudier le latin aujourd'hui !

Et voilà, chers lecteurs, sur cette note fantasque, je vous laisse imaginer un monde sans latin, où les Gaulois auraient pris la place des Romains. Peut-être que cela aurait changé bien des choses… Bon et si on essayait un temps soit peu d'être sérieux ? J'ai envie de vous causer d'un point de l'antiquité Romaine qui m'intéresse : Pompéi et son forum. Le dossier qui suit est un vestige retravaillé d'un dossier d'étude réalisé à mes études supérieures, et que j'ai tellement kiffé faire, pardonnez moi l'usage familier de ce mot après tant de litanies magiques.

Chapitre V : Le Forum de Pompéi (dossier)

Quelle était l'importance du forum dans la culture pompéienne et en quoi son rôle a-t-il marqué durablement la ville et ses habitants ? Le forum de Pompéi, à l'instar des forums romains traditionnels, était l'épicentre de la vie urbaine, regroupant les principales fonctions religieuses, politiques, économiques et sociales. Ce vaste espace ouvert, situé au carrefour des voies principales de la ville (cardo et decumanus), incarnait l'essence même de l'organisation romaine. Au-delà de son importance pratique, il revêtait une signification symbolique profonde : celle d'un microcosme de l'ordre romain. Il était l'endroit où la communauté se rassemblait pour prier, échanger des biens, débattre des affaires publiques, et exprimer sa citoyenneté. Pour comprendre l'importance du forum de Pompéi dans la culture de cette cité antique, nous examinerons en détail ses multiples facettes, de l'architecture des temples à la gestion politique, en passant par les activités commerciales. Nous mettrons en lumière le rôle de cet espace dans la vie quotidienne des Pompéiens et dans l'imaginaire collectif romain, pour finalement discuter de son impact sur la culture moderne. Le forum de Pompéi ne pouvait se concevoir sans sa dimension religieuse, omniprésente dans la vie quotidienne des citoyens romains. La religion, bien plus qu'une simple affaire de foi, imprégnait toutes les sphères de la société antique. Le culte aux dieux y était omniprésent et se reflétait dans les nombreuses structures religieuses entourant le forum.

Le temple d'Apollon, l'un des édifices religieux les plus anciens de la ville, témoigne de l'importance du dieu dans la vie civique avant même l'arrivée des Romains. L'archéologie a révélé que ce temple fut érigé dans un style purement italo-grec, avec des colonnes doriques rappelant les temples grecs du sud de l'Italie. Selon l'historien Paul Zanker, « le temple d'Apollon représentait une continuité des pratiques religieuses locales avant que la culture romaine ne s'impose entièrement à Pompéi ». Le culte d'Apollon, divinité associée à la lumière, à la guérison, et à la musique, était particulièrement populaire dans le monde gréco-romain. Le temple, construit autour de 331 avant J.-C., dominait la zone ouest du forum, et son influence architecturale se ressentait à travers les nombreuses colonnes qui bordaient l'enceinte sacrée. En 62 après J.-C., après un tremblement de terre, des restaurations furent entreprises, ce qui démontre la persistance de la dévotion à Apollon jusqu'à la destruction de la ville en 79. Les Pompéiens voyaient en Apollon non seulement un protecteur de la cité, mais aussi un guide moral. En témoignent les nombreuses ex-voto retrouvées dans l'enceinte du temple, qui révèlent les prières adressées à la divinité pour obtenir des guérisons ou des conseils. Comme l'écrit John Dobbins, "la dimension thérapeutique du culte d'Apollon à Pompéi montre l'intimité entre la religion et les préoccupations quotidiennes des citoyens".

Le temple de Jupiter, occupant une place centrale au nord du forum, symbolisait la domination de Rome sur Pompéi et son intégration dans l'Empire romain. Construit au moment de la colonisation romaine, il était dédié à Jupiter, le dieu suprême de la triade capitoline (Jupiter, Junon, Minerve). Ce temple imposant illustre la manière dont les colons romains ont imposé leur culture et leur religion aux Pompéiens. L'architecte Vitruve, dans son ouvrage De architectura, souligne l'importance de l'emplacement du temple de Jupiter dans les forums des villes romaines, ce qui reflète une volonté de démontrer l'omniprésence du pouvoir divin dans la gestion de la cité. Le temple de Jupiter à Pompéi ne dérogeait pas à cette règle. Il dominait le forum, à la manière d'un souverain observant ses sujets, et possédait des statues imposantes de la triade. La découverte de la tête colossale de Jupiter, retrouvée en 1818 lors des fouilles, témoigne de la magnificence de ce lieu sacré. Au-delà de son aspect architectural, le temple de Jupiter était un lieu de prière et de sacrifices pour assurer la prospérité de la cité. Les citoyens y offraient des offrandes et des sacrifices dans l'espoir de bénéficier de la protection divine. Comme le souligne Georges Ville dans son analyse du culte de Jupiter, "la participation des citoyens aux rites religieux publics reflète leur engagement envers la cité et leur désir de s'assurer des faveurs des dieux".

Le temple des Lares, situé à l'est du forum, témoigne de l'importance des divinités tutélaires dans la vie quotidienne des Pompéiens. Contrairement aux divinités majeures comme Jupiter ou Apollon, les Lares étaient des esprits protecteurs associés à la famille et au foyer. Leur culte, profondément enraciné dans les traditions romaines, soulignait l'importance de la famille comme cellule fondamentale de la société. Selon Mary Beard, "le culte des Lares représentait la fusion entre la religion publique et privée, rappelant à chaque citoyen que la protection divine passait aussi par les divinités locales et familiales". Le temple des Lares impériaux, érigé au forum, servait à honorer ces esprits gardiens, mais aussi à célébrer la dynastie impériale. Ce lien entre la piété domestique et l'allégeance politique illustre l'ingéniosité des Romains dans l'utilisation de la religion comme outil de cohésion sociale. 2. L'importance politique du forum La vie politique à Pompéi, comme dans toutes les cités romaines, était inextricablement liée à son forum. C'était là que se prenaient les grandes décisions administratives et judiciaires, et que les citoyens pouvaient exprimer leur opinion et participer à la vie civique.

Les édiles et duumvirs étaient des magistrats chargés des affaires locales. Les édiles géraient l'entretien des infrastructures, les marchés, les jeux publics et les cultes, tandis que les duumvirs, élus pour un mandat d'un an, avaient des fonctions judiciaires et administratives plus larges. D'après Andrew Wallace-Hadrill, "la structure municipale de Pompéi reflétait celle des grandes cités romaines, avec un équilibre entre les magistrats, les sénateurs locaux, et les citoyens". Les duumvirs étaient également responsables de la justice, rendant des décisions publiques sur le forum lors d'assemblées. Les inscriptions retrouvées dans la ville attestent des décisions prises par ces magistrats, notamment en matière de construction publique ou d'organisation des fêtes religieuses.

La curie, adjacente au forum, était le lieu où siégeait le conseil municipal de Pompéi, composé de membres de l'élite locale. Ces réunions étaient cruciales pour la gestion des affaires courantes de la ville. Les historiens soulignent l'importance de la curie comme centre de décision, notamment en matière de travaux publics et de gestion des finances municipales. Les débats, qui se tenaient à huis clos, pouvaient également concerner des affaires religieuses ou des honneurs à attribuer aux citoyens méritants. L'historien Fergus Millar, dans son étude sur la vie politique des provinces romaines, note que "les curies des cités romaines étaient non seulement des lieux de pouvoir politique, mais aussi des espaces où les élites locales se concertaient pour assurer la stabilité et la prospérité de leur ville". À Pompéi, la curie incarnait cet équilibre entre la centralisation du pouvoir romain et l'autonomie des cités. c) Le Comitium : un espace de délibération civique Le Comitium, un espace en plein air adjacent à la curie, était utilisé pour les assemblées publiques et les élections. Ce lieu de rencontre civique permettait aux citoyens de s'exprimer, de voter et de participer aux décisions importantes de la cité. Bien que Pompéi ne soit pas une grande capitale comme Rome, son Comitium jouait un rôle similaire, permettant aux citoyens de faire entendre leur voix et de participer aux débats politiques. Le Comitium de Pompéi rappelle celui de Rome par sa forme circulaire et sa disposition ouverte, symbolisant la démocratie participative des débuts de la République romaine. Selon Wallace-Hadrill, "la fonction du Comitium de Pompéi reflétait les idéaux républicains romains, où la participation des citoyens aux affaires publiques était essentielle au maintien de l'ordre social".

Le forum de Pompéi n'était pas seulement un centre religieux et politique, mais également un espace commercial vital. Il était le lieu où les marchands, artisans et citoyens se rassemblaient pour échanger des biens et services.

Le forum abritait plusieurs magasins et entrepôts, où les Pompéiens pouvaient acheter des denrées alimentaires, des vêtements et des objets du quotidien. Des fouilles archéologiques ont révélé des traces d'intenses activités commerciales dans la zone nord-est du forum, où se trouvaient des tabernae (boutiques) et des entrepôts de stockage. Les fresques de Julia Felix, une riche propriétaire terrienne de Pompéi, illustrent la diversité des échanges commerciaux qui se tenaient sur le forum. On y voit des scènes de marchands vendant des tissus, des écrivains publics rédigeant des contrats, et des artisans vendant des objets en métal. Ces fresques, aujourd'hui conservées au musée de Naples, sont des témoignages précieux de la vie économique florissante de Pompéi. L'archéologue Fausto Zevi, spécialiste de la vie urbaine à Pompéi, souligne que "le forum, bien qu'étant avant tout un centre religieux et politique, jouait un rôle majeur dans la dynamique économique de la ville. Les Pompéiens s'y retrouvaient pour échanger des biens mais aussi pour discuter des affaires de la cité".

Le forum de Pompéi était une vaste place rectangulaire de 142 mètres de long sur 38 mètres de large, entourée de colonnades sur trois côtés, avec des bâtiments publics majeurs sur le quatrième côté. Ce design, typique des forums romains, témoignait de l'importance accordée à l'urbanisme et à l'esthétique architecturale dans la Rome antique. Les colonnades, en plus de leur fonction esthétique, offraient une protection contre le soleil pour les citoyens qui se rassemblaient sur le forum. L'architecture du forum, avec ses colonnes doriques, ioniques et corinthiennes, reflète l'évolution des styles architecturaux à travers les différentes périodes de la ville. Selon l'architecte et historien John Ward-Perkins, "le forum de Pompéi représente un mélange d'influences locales et romaines, créant une synthèse unique qui met en valeur l'identité complexe de la ville".

La fascination pour Pompéi ne se limite pas à l'Antiquité. Aujourd'hui encore, le forum de Pompéi est un symbole puissant de la civilisation romaine et un témoignage de la tragédie qui a frappé la ville. Son image est souvent utilisée dans la culture populaire pour évoquer la grandeur et la décadence de l'Empire romain.

Le forum de Pompéi est un sujet récurrent dans la peinture, la photographie et le cinéma. De nombreux artistes du XIXe siècle ont été fascinés par les ruines de la ville, représentant le forum comme un lieu de beauté tragique. Par exemple, l'artiste britannique Joseph Mallord William Turner a capturé la lumière dorée sur les colonnes brisées du forum, évoquant à la fois la grandeur et la désolation de Pompéi après sa destruction.

Le film Pompéi de Paul W.S. Anderson (2014) illustre parfaitement la manière dont le forum est devenu un symbole visuel de la fin tragique de la ville. Dans le film, le forum est représenté comme le centre névralgique de la ville, où les citoyens se rassemblent pour assister à la catastrophe imminente. Anderson utilise le forum comme un espace dramatique, où l'apocalypse prend forme sous les yeux des Pompéiens terrifiés. Conclusion Le forum de Pompéi, espace multifonctionnel, était au cœur de la vie religieuse, politique et économique de la ville. Sa grandeur architecturale, son rôle symbolique et ses fonctions sociales en faisaient un lieu central pour les citoyens pompéiens. Aujourd'hui, les vestiges du forum continuent de fasciner et d'inspirer, témoignant à la fois de la grandeur passée de la ville et de la tragédie qui l'a engloutie. La culture moderne a perpétué ce lieu mythique, transformant le forum de Pompéi en un symbole universel de la puissance et de la fragilité des civilisations. En explorant les ruines de ce forum, nous revivons l'histoire d'une ville prospère et florissante, anéantie en un instant mais dont l'héritage continue de résonner dans le monde moderne.

Bon, je dois l'admettre, ce petit détour par le dossier ultra-sérieux sur le forum de Pompéi n'était peut-être pas la chose la plus excitante au monde.

Heureusement, nous avons Pétrascus pour remonter le niveau… ou pas. Mais une chose est sûre, ses aventures dans ce même forum vont nous ramener un peu de ce qui manque à ces longues analyses : des punchlines, des fruits volants, et un rhétoriqueur qui n'apprend jamais de ses erreurs. Bref, assez parlé de Jupiter, revenons à Pétrascus et ses déboires – et tournons en ridicule tout ce que j'ai exposé plus haut. En réalité c'est la définition même d'une satire ce que je fais !

Chapitre VI : Quand Pétrascus découvre le Forum de Pompéi (et ses nombreux temples inutiles).

Revenons maintenant à Pétrascus, notre vaillant rhétoriqueur, qui vient tout juste de se faire expulser de son propre cours sur l'ablatif absolu (on s'en souvient tous, n'est-ce pas ?). Humilié et couvert de tomates, il décide de quitter Rome et de se rendre à Pompéi. Pourquoi Pompéi, me direz-vous ? Tout simplement parce que les ruines de cette cité lui offrent la possibilité de faire ce qu'il sait faire de mieux : parler pour ne rien dire dans un endroit symbolique. Et où de mieux que le forum de Pompéi, cet épicentre de la vie romaine ? Là-bas, pense-t-il, personne ne me lancera de tomates. (Spoiler : il se trompe.)

Pétrascus, vêtu de sa toge blanche impeccable (lavée après son dernier fiasco), arrive sur la place du forum, impressionné par sa taille et ses nombreuses colonnes. Il est prêt à donner un nouveau discours, cette fois sur l'importance des forums dans la vie civique. Après tout, si l'ablatif absolu a fait un flop, peut-être qu'un peu de culture pompéienne fera mouche. Il grimpe donc sur une colonne en ruine, et commence :

Pétrascus : « Mes chers amis, bienvenue dans le magnifique forum de Pompéi, véritable cœur battant de cette cité autrefois prospère ! »

Personne ne l'écoute, évidemment, mais il continue. Il enchaîne sur le temple d'Apollon, cette merveille architecturale où les Pompéiens venaient prier le dieu de la lumière et de la guérison. Il précise même que les colonnes doriques du temple rappellent celles de l'Acropole d'Athènes.

Pétrascus : « Imaginez ! Apollon, ce dieu qui pouvait guérir d'un simple claquement de doigts. Et pourtant, ces pauvres Pompéiens n'ont jamais pensé à le prier pour arrêter l'éruption du Vésuve. Ironique, non ? »

Un passant s'arrête, regarde Pétrascus, et murmure à son voisin : « Celui-là, il a dû respirer un peu trop de cendres. »

Mais Pétrascus continue, imperturbable. Il enchaîne sur le temple de Jupiter, dominant la place du forum comme un souverain arrogant.

Pétrascus : « Ah, le temple de Jupiter ! Ce bon vieux Jupi', avec sa tête colossale retrouvée en 1818. Imaginez les Pompéiens, levant les yeux vers ce géant, implorant des pluies pour leurs récoltes… mais recevant des cendres à la place. Pas de chance, hein ? »

Quelques rires se font entendre dans la foule. Pétrascus pense avoir réussi à captiver l'audience. Grave erreur.

Pétrascus : « Et maintenant, parlons du temple des Lares, ces esprits protecteurs des foyers ! Une institution sacrée qui aurait peut-être dû protéger la ville… des volcans ! »

Là, un marchand de fruits, lassé par ces propos cyniques, lance une pomme en direction de Pétrascus.

Pétrascus : « Ah, une offrande aux dieux, je suppose ? Merci, je la dédie à Apollon ! »

Mais la foule commence à s'agiter. Certains crient que l'histoire de Pompéi mérite plus de respect, tandis que d'autres s'en moquent et préfèrent simplement acheter leurs olives en paix. Pétrascus tente de garder le contrôle de la situation.

Pétrascus : « Mes chers citoyens, pourquoi tant de haine ? N'oublions pas que le forum de Pompéi n'était pas seulement un centre religieux, mais aussi politique ! Imaginez, ici même, des duumvirs prenant des décisions importantes sur l'avenir de la cité ! Oh, comme j'aurais aimé siéger dans cette curie, donnant mon avis éclairé sur les grands débats de la cité ! »

Un autre passant, visiblement agacé : « Si tu siégeais dans la curie, on serait tous morts avant que tu finisses tes phrases ! »

Les rires éclatent, mais Pétrascus refuse de lâcher prise. Il évoque le *Comitium*, cet espace où les citoyens de Pompéi venaient voter et discuter de la démocratie locale. Son enthousiasme est palpable.

Pétrascus : « Ah, le Comitium ! La démocratie romaine à son apogée ! Si seulement nous pouvions revenir à ces temps glorieux où chaque voix comptait... »

Soudain, une vieille dame crie depuis un coin du forum : « Vat'en avec tes vieilles histoires ! Nous, ce qu'on veut, c'est des olives et du vin ! »

Pétrascus, désespéré, tente un dernier coup : parler de l'économie prospère de Pompéi. Il évoque les marchés du forum, les entrepôts débordant de denrées, les tabernae où les citoyens venaient acheter de tout, du pain aux amulettes.

Pétrascus : « Savez-vous que Julia Felix, l'une des femmes les plus riches de Pompéi, possédait des boutiques ici même ? Son immense villa était un centre commercial avant l'heure ! Vous pouvez encore voir les fresques de ses boutiques, avec des scènes de vente d'épices, de vêtements... et bien sûr, d'olives ! »

À ce moment précis, un autre fruit s'écrase sur la tête de Pétrascus, suivi de la remarque cinglante d'un vendeur de figues : « Tu parles trop, toi. Même les dieux ne voudraient plus t'écouter ! »

C'en est trop. Pétrascus, humilié pour la deuxième fois, réalise que son amour pour la rhétorique n'a décidément pas sa place, ni à Rome, ni à Pompéi. Il quitte le forum en vitesse, murmurant pour lui-même :

Pétrascus : « Peut-être que l'ablatif absolu était une meilleure idée finalement… »

Et voilà, chers lecteurs, même au forum de Pompéi, les Pompéiens préfèrent leurs olives à la grammaire latine. Peut-être que si Pétrascus avait mieux étudié l'économie prospère de Pompéi au lieu de parler sans fin de temples et de dieux, il aurait évité une deuxième humiliation. Mais que voulez-vous, la rhétorique, c'est tout un art.

Bon, après tout ça, qui a vraiment envie de manger son manuel de latin ? Moi, en tout cas, j'y songe de plus en plus…

Chapitre VI : Pétrascus et le Cauchemar des Déclinaisons (ou la "Sixième déclinaison imaginaire")

Pétrascus, fidèle à lui-même, a décidé que cette fois-ci, il allait frapper fort. Il a réuni ses quelques étudiants (plusieurs d'entre eux sont partis au milieu de ses précédents cours sur l'ablatif absolu, mais il ne perd pas espoir) pour leur expliquer… les déclinaisons latines. Oui, les déclinaisons. Et cette fois-ci, il est convaincu que tout va bien se passer.

Pétrascus : « Mes chers élèves, aujourd'hui, nous allons plonger dans les subtilités des déclinaisons latines ! Cinq déclinaisons, chacune plus magnifique que l'autre ! Vous allez voir, tout est très simple. »

Un murmure inquiet se fait entendre dans la salle.

Pétrascus : « Nous commencerons par la première déclinaison, celle en *-a*. Très simple : *rosa, rosae, rosae, rosam, rosa…* Voyez ? Le féminin à l'état pur. Le singulier est un petit chef-d'œuvre de simplicité. »

Un élève (un brin sarcastique) : « Et si on parle à une rose au pluriel, elle va aussi changer de nom, c'est ça ? »

Pétrascus : « Ha ! Tout à fait, *rosae, rosarum, rosis, rosas, rosis.* Un jeu d'enfant, non ? »

L'élève a déjà l'air perdu. Mais Pétrascus n'a pas le temps pour les pleurnicheries, il passe à la **deuxième déclinaison**.

Pétrascus : « Ensuite, la deuxième déclinaison. Là, ça se corse un peu. Vous avez le masculin en *-us* et le neutre en *-um*. Mais rien de compliqué. Prenez *dominus* : *dominus, domini, domino, dominum, domino* pour le singulier, et au pluriel, *domini, dominorum, dominis, dominos, dominis*. Simple, non ? »

Un autre élève : « On doit se souvenir de tous ces trucs, là ? Et ça change pour chaque mot ? »

Pétrascus : « Oui, mais attendez, c'est là que ça devient intéressant. La **troisième déclinaison** est un véritable trésor. Elle est un peu… comment dire… capricieuse. »

Un silence pesant s'installe dans la salle.

Pétrascus : « Vous avez des masculins, des féminins, des neutres, des imparisyllabiques, des parisyllabiques. Par exemple, *rex, regis* pour le roi, et *mare, maris* pour la mer. En gros, tout ce qui ne rentre pas dans les deux premières déclinaisons se réfugie ici. C'est comme un sac à main rempli de surprises. »

L'élève sarcastique : « C'est plus un sac sans fond, ouais. »

Pétrascus continue, impassible.

Pétrascus : « Maintenant, la **quatrième déclinaison**. Tout en -

us pour le masculin et *-u* pour le neutre. Prenez *manus* : *manus, manus, manui, manum, manu.* »

Les élèves commencent à s'échanger des regards inquiets.

Pétrascus : « Et la **cinquième déclinaison**, la préférée de Cicéron, je suis sûr. Tout en *-es*, comme *dies* : *dies, diei, diei, diem, die*. Magnifique, n'est-ce pas ? »

Un élève, qui jusqu'ici avait gardé la tête basse, lève timidement la main.

L'élève : « Mais pourquoi on a besoin de tout ça ? Ne pourrait-on pas juste dire "le jour" sans devoir décliner tout un tas de trucs ? »

Pétrascus : « Ha ! C'est là que vous n'avez rien compris à la beauté du latin ! Chaque déclinaison donne un sens spécifique à la phrase. L'ablatif, par exemple, permet d'exprimer le moyen, la cause, l'accompagnement… »

L'élève sarcastique : « Ouais, ou juste un moyen de nous rendre fous. »

Pétrascus commence à perdre patience. Il s'avance vers son tableau, prend un stylet, et lance le défi ultime :

Pétrascus : « Très bien, voyons voir si vous êtes prêts pour un petit exercice pratique. Dites-moi comment vous déclineriez *res* *publica* au datif pluriel. »

Un silence gêné s'installe.

L'élève sarcastique : « Res quoi ? »

Pétrascus (soupirant) : « *Res publica*, la chose publique, notre chère République ! Au datif pluriel, voyons. *Rebus publicis* ! Ah, que c'est merveilleux, le datif pluriel ! »

C'est là qu'un élève, à bout de nerfs, décide de tenter l'humour. Il lève la main et propose avec un sourire moqueur :

L'élève désespéré : « Pourquoi on n'inventerait pas une sixième déclinaison, avec des terminaisons au hasard ? Je propose *blablus, blablae, blablis, blablam, blablis...* Ça ferait aussi bien l'affaire, non ? »

La classe éclate de rire, mais Pétrascus reste stoïque. Il contemple les pauvres âmes qui lui font face, réalisant que, oui, les déclinaisons latines sont peut-être le vrai fléau de la rhétorique romaine.

Pétrascus (dans un soupir résigné) : « Une sixième déclinaison… Ah, si seulement ça existait, mes chers élèves, on aurait sûrement résolu beaucoup de vos problèmes. »

Et alors qu'il termine sa phrase, un dernier étudiant, ayant perdu tout espoir de comprendre un jour cette jungle grammaticale, murmure en s'éclipsant :

L'élève sarcastique : « En tout cas, ce que je retiens, c'est que le latin, c'est *duis, duorum, duis, duis, duis*. Je m'en fiche ! »

Chapitre VII : Poloribam, le maître du ***Participe Présentus Ridiculus***

Alors que Pétrascus continue d'être banni des forums pour ses discours interminables et ses leçons de grammaire latine que même les dieux éviteraient d'écouter, il reçoit une visite inattendue : son cousin, **Poloribam**, également rhétoriqueur autoproclamé et champion autoproclamé du *participe présent* et de toutes ces règles latines qui rendent fous les étudiants du monde entier.

Poloribam est un personnage haut en couleur. Vêtu d'une toge impeccable (qu'il a probablement empruntée à un gladiateur ou volée dans un temple), il arrive, le sourire narquois aux lèvres, bien décidé à démontrer à Pétrascus que, quand il s'agit de parler de grammaire latine, il est le roi incontesté. Et surtout, Poloribam a un goût prononcé pour les tirades scatologiques en latin, qu'il affectionne tout particulièrement pour leur "richesse expressive" (selon lui, du moins).

Scène

Poloribam : « Ah, Pétrascus, mon cher cousin ! Il paraît que tu as eu quelques soucis avec tes déclinaisons ? »

Pétrascus (las) : « Disons simplement que le public ne sait pas apprécier le charme de l'ablatif absolu. »

Poloribam (rire moqueur) : « L'ablatif ? Ha ! Mais c'est de la *merda communis* comparé à ce qui m'amuse ! Laisse-moi te parler du véritable joyau de la grammaire latine : le **participe présent**, et ses cousins tout aussi agaçants. »

Pétrascus : « Oh non… pas ça… »

Poloribam (s'installant avec un air théâtral) : « Oui, cousin. Le participe présent. Cette petite merveille de complexité, ce trésor caché qui permet de rendre chaque phrase encore plus incompréhensible que la précédente. Un exemple ? »

Sans attendre de réponse, Poloribam se lance dans une tirade interminable, entrecoupée de détails grammaticaux si obscurs que même les philosophes romains en auraient eu mal à la tête.

Poloribam (déclamant fièrement) : « Prenons le verbe *cacare* (faire caca, pour les non-initiés). Au participe présent, nous obtenons *cacans, cacantis*, littéralement "faisant caca". Ce qui est absolument indispensable dans toute conversation civilisée, n'est-ce pas ? Imagine le contexte : *Romulus cacans in Foro, populum laete salutavit.* »

Pétrascus essaie de garder son sérieux, mais la scène est trop absurde. Poloribam, cependant, est en pleine démonstration, le visage illuminé par son amour pour la grammaire.

Poloribam (enchaînant) : « Mais ne nous arrêtons pas là ! Le participe futur est tout aussi fascinant. Imagine ceci : *Romulus cacaturus in foro, populum invitavit ad spectandum.* Ce qui, si tu veux une traduction élégante, veut dire "Romulus, sur le point de faire caca au forum, invita le peuple à regarder". »

Pétrascus : « Je doute que ce soit une invitation très prisée, cousin. »

Poloribam (d'un air scandalisé) : « Mais tu ne comprends pas ! Toute la beauté de la grammaire réside là-dedans. Les Romains savaient utiliser les participes pour donner à chaque action une dimension... transcendante ! Regarde aussi l'imparfait de *futurum esse.* C'est là qu'on entre dans le *caca du futur*, mon cher. *Cacaturus fuisse*, le fait d'avoir été sur le point de... eh bien, tu sais quoi ! »

Pétrascus regarde Poloribam avec un mélange de dégoût et d'amusement. Il comprend enfin pourquoi ils ne se sont pas vus depuis si longtemps.

Pétrascus : « Donc si je comprends bien, tu passes ton temps à... décliner des verbes scatologiques en latin ? »

Poloribam : « Exactement ! Et tu serais surpris de voir à quel point c'est utile pour impressionner les foules. Les gens aiment ça, c'est... naturel ! *Quid est homini si non cacat?* Que serait l'homme sans cela ? Une créature incomplète, voilà tout ! »

Pétrascus n'a plus la force de répondre. Il se souvient des jours où il pensait que l'ablatif absolu était la plus grande complexité du latin. Maintenant, face à Poloribam et à ses tirades sur les participes scatologiques, il réalise que le latin est une langue aux possibilités infinies… de rendre tout plus ridicule.

Poloribam (clôturant son discours avec enthousiasme) : « Et c'est pourquoi, cousin, tu devrais abandonner l'ablatif absolu pour te concentrer sur ce qui compte vraiment : les **participes scatologici** ! Rien ne fait plus vibrer le public qu'une bonne phrase latine qui se termine par *-ans* ou *-aturus.* »

Un silence s'installe, puis Pétrascus, vaincu par l'absurdité de la situation, se lève.

Pétrascus : « Je vais… méditer là-dessus. Peut-être pas sur le forum, toutefois. »

Et tandis qu'il s'éloigne, Poloribam, fier de lui, reste seul, persuadé d'avoir illuminé la journée de son cousin avec ses participes brillamment déclinés. Après tout, quoi de plus romain que d'associer la grammaire la plus complexe avec des images aussi… digestives ?

Un autre cauchemar grammatical du latin qui mérite bien des moqueries, c'est le **système des verbes déponents**. Pour ceux qui ont réussi à éviter cette torture académique, les verbes déponents sont une curiosité : ils se conjuguent comme des verbes passifs... mais ont un sens actif ! Oui, vous avez bien lu : ce sont des verbes qui, par un caprice de la langue latine, ont décidé de se déguiser en passifs tout en agissant activement. Autant dire que ce concept a le don de faire disjoncter plus d'un étudiant.

Imaginez une classe de latin où l'on doit expliquer pourquoi *loquor* (qui signifie « parler ») est conjugué passivement mais veut quand même dire « je parle ». Ce n'est pas « je suis parlé », comme on pourrait logiquement le croire en voyant la conjugaison, mais bien « je parle ». Et bien sûr, ce n'est pas un cas isolé : le latin nous gratifie de dizaines de ces petits farceurs de déponents qui donnent l'illusion de subir l'action alors qu'en réalité, ils la mènent.

Prenons le verbe *hortari*, qui signifie « encourager ». Vu son aspect passif, on pourrait croire qu'il signifie « être encouragé », mais non ! Le latin juge plus logique d'écrire *hortor* pour « j'encourage ». Si quelqu'un vous avait vraiment encouragé, il faudrait cette fois utiliser la voix active. Et voilà comment la logique latine se déploie dans toute sa splendeur.

Un autre exemple ? *Profiteor* : « je professe ». Ça sonne presque comme « je suis professé », mais non, c'est bien « je professe ». On pourrait penser que ce genre de verbe est une plaisanterie conçue par les anciens Romains pour embrouiller les étudiants futurs. À se demander si, dans leurs forums, les Romains ne s'amusaient pas en imaginant des générations de latinistes se noyer dans cette absurdité grammaticale.

Alors, est-ce un coup monté des grammairiens ? Peut-être qu'un jour, les grammairiens romains se sont dit que la langue n'était pas encore assez complexe : « Ajoutons une catégorie de verbes qui se conjuguent comme des passifs mais se traduisent comme des actifs ! Cela devrait rendre l'étude encore plus amusante ! » Peut-être souhaitaient-ils faire du latin un rite de passage sadique pour quiconque osait plonger dans ses mystères. Peut-être riaient-ils en imaginant des générations futures se débattre dans ce labyrinthe linguistique.

Quoi qu'il en soit, les verbes déponents semblent n'avoir qu'un seul but : semer la confusion. Imaginez-vous en train de traduire *patior* (qui signifie « je souffre »). Avec sa terminaison passive, on pourrait penser qu'il signifie « je suis souffert » (puisqu'un verbe passif, par définition, subit l'action, non ?). Mais non ! Le latin a décidé qu'il ne suffisait pas de souffrir, il fallait en plus le faire d'une manière illogique, ajoutant une touche de torture grammaticale. Ainsi, vous souffrez activement, tout en ayant l'apparence passive d'un verbe qui indique le contraire. Un casse-tête mental en bonne et due forme !

En bref, les verbes déponents sont le paradoxe vivant du latin. Ils se déguisent en passifs alors qu'ils sont actifs, nous laissent croire à un sens tout en signifiant l'opposé, et semblent n'exister que pour rendre la vie impossible à ceux qui se lancent dans l'étude de cette langue. Le latin aurait pu se contenter des déclinaisons, des ablatifs, des participes futurs et des catégories tordues, mais non. Il fallait qu'il invente les verbes déponents, dont l'unique mission semble être de rendre fous tous ceux qui tentent de les comprendre.

Et voilà, chers lecteurs, nous arrivons à la fin de cette grande épopée académique, où le latin s'est révélé être autant un casse-tête que le subjonctif imparfait dans une conversation de tous les jours. Que retiens-je de cette aventure ? Eh bien, mis à part quelques cicatrices mentales laissées par les déclinaisons et les récits douteux d'Apulée, pas grand-chose, à vrai dire. Mais comme on dit, ce qui ne nous tue pas... nous fait juste détester les langues mortes.

Dans ces pages, nous avons exploré ensemble la complexité des déclinaisons (et inventé une sixième, parce que cinq, c'était manifestement pas assez), nous avons ri aux dépens de Pétrascus (qui, lui, n'a toujours pas compris pourquoi on n'aime pas l'ablatif absolu), et avons bien rigolé des anecdotes ridicules de la Rome antique, entre temples surdimensionnés et ânes philosophes. À ce stade, si vous vous demandez encore pourquoi je n'ai pas mangé mon manuel de latin, c'est probablement parce qu'il est trop indigeste, même avec du ketchup.

Mais je le reconnais, il faut bien admettre que, malgré tout, le latin a un certain charme. Oh, pas pour moi, non. Pour moi, le latin restera ce langage codé qui, au lieu de m'ouvrir les portes de l'étymologie, m'a ouvert celles de la frustration. Mais je comprends, enfin, pourquoi certains s'accrochent à cette vieille langue. Peut-être est-ce le mystère de chaque déclinaison, ou le plaisir sadique de conjuguer au subjonctif plus-que-parfait. Qui sait ?

Alors, pour ceux d'entre vous qui aiment le latin, bravo ! Vous avez ma profonde admiration (et mes condoléances). Pour les autres, qui, comme moi, préfèrent s'aventurer dans des contrées plus modernes et moins bourrées de grammaire tordue, je vous dis : bienvenue au club ! En tout cas, une chose est sûre : ce livre a réussi à prouver que le latin, bien que mort, peut toujours donner vie à une bonne dose de sarcasme.

Sur ce, je repose mon manuel de latin, toujours intact. Bon appétit à ceux qui voudraient y goûter !

© 2024 Mathieu Aleins
Édition : BoD · Books on Demand GmbH,
In de Tarpen 42, 22848 Norderstedt (Allemagne)
Impression : Libri Plureos GmbH, Friedensallee 273,
22763 Hamburg (Allemagne)
ISBN : 978-2-3224-9772-0
Dépôt légal : Novembre 2024